AF406369

Mi Griega
Η Ελληνίδα μου

Poemas de Alejandro Yan Martínez

Edición: *Juan Ramón Saravia Krohne*

jrsaravia@edicionestheosis.com

www.edicionestheosis.com

Corrección de estilo: *Jorge Alberto Rodríguez Gómez*

lengua.aplicada@gmail.com

www.lenguaaplicada.com

Impreso en Bogotá, Colombia, 2021.

© Ediciones Theosis S.A.S.

ISBN Impreso: 978-958-52217-2-7

ISBN Digital - 978-958-52217-3-4

Mi Griega
Η Ελληνίδα μου

Ella es mi griega, de mi amor sagrado,

de la que siempre hablo en la iglesia mía,

es mi compañera aquí en esta tierra,

ella es el regalo de mi buen padre Dios.

Prólogo

Mi Griega, Η Ελληνιδα μου, es la cuarta publicación de Alejandro Yan, antecedida por dos poemas (Versos, Poemas y Cantares, y Pensamiento Griego) y una novela (La verdadera Historia de Homero y Helena). Gran parte de su motivación literaria se centra en su linaje helénico y en su fe Cristiana Ortodoxa.

Mi Griega es una historia de amor verdadero, en el que se tiene constante referencia la bendición de Dios. En ella, el autor va narrando en tercera persona la vida de un hombre y una mujer que, sin buscarse, pero anhelando un mismo fin, por gracia de Dios, se encuentran. Maravillosamente realiza un juego a lo largo de la obra, pasando constantemente a prosa poética en primera persona, en la que nos deleita con unas narraciones llenas de profundos sentimientos por esa mujer griega, que brotan desde lo más profundo de su corazón, sentimientos impregnados de un espíritu rebosante de gratitud hacia el Creador. En otros momentos toma la voz de ella, para hacernos ver los distintos matices de esa platónica y romántica relación, que pasa de la ternura a la conquista, a la tragedia y a momentos llenos de incertidumbre.

El amor no es nunca sacrificio ni renuncia. Eso nos enseño Jesús al cargar la cruz. El amor es victoria. Ese es el mensaje que el autor quiso darle a su griega, y el que nos deja en este libro.

El amor tiene diferentes grados de pureza que van desde el más mundano y egoísta, hasta el más sublime y verdadero. Vivir en comunión con Dios es indispensable para lograr alcanzar los más elevados grados de amor, sencillamente porque Él es amor. Sin Dios en nuestra vida, nunca lograremos ser amorosos. Esta realidad puede ser malentendida y rechazada por algunos; pero los que vemos así las cosas estamos convencidos de que amar es un estado de ser, que va creciendo cada vez más hacia dimensiones infinitas, y es una constante apertura a nuevos y maravillosos horizontes sin fin.

Juan Ramón Saravia

Quien piense que Jesús no existe, por favor, que hable conmigo.

Mi ser es un canto a la vida, a Jesús adoración.

Vengo de noches de derroches, de soledades, rodeado de gente sin alma,

donde toda lujuria acaba, cuando termina la función.

Vengo de eternas madrugadas, de soledades despiadadas.

Donde fui siendo pulido,

arrancando de mí el ego,

para hacer nacer en mí un hombre nuevo,

al desierto Él me llevó.

"Enamórate de mí, abre tu corazón"

Fueron sus palabras.

"Pon tu vida en manos de Dios.

A esa tierra prometida, he de llevarte,

junto a la bendición,

de esa griega mujer querida

que ha de acompañarte hasta el final de tus días,

porque el que pesa los corazones

escuchó tus oraciones, sintió que eran reales, que eran de amor."

Así nace este libro, entre versos, poesía e historias, donde iremos tratando de rescatar de la memoria, una a una, las cosas más importantes, que son parte de dos seres que, anhelando un fin común, no pensaban encontrarse.

Quien en Dios confía, recibe siempre lo mejor. A veces no es lo esperado, en el lugar o momento menos pensado, otras, puede llegar a sorprender, y lo más difícil es creer que es por propia voluntad o casualidad, ya que casualidad, para el que espera el milagro, no se aceptará jamás.

Los juegos no son para el amor, y él bien lo sabía, hacía tiempo, ya que había renunciado a todo, para encontrarse consigo mismo, y, al ir adquiriendo la capacidad de poder mirar hacia su propio interior, le hizo comprender cuán poco valor tienen las cosas mundanas, por las que la gente tanto se ufana en poseer.

Y esas noches de luces, shows, aplausos, fueron cambiadas por un intento de hogar que no resultó.

Entonces tomó la más acertada de las opciones, encerrarse en las madrugadas a escribir y hablar a solas con Dios.

Pidiendo para sí, de su alma, salvación, buscando, como todo griego, la sabiduría y esa compañera en esta vida que fuere su griega bendita y querida, alegría de sus días, de su vida adoración.

Fue viajando a muchas partes, haciéndose querer por la gente, en la búsqueda constante, hasta decir, que muy valiente, cuando el agua quiere arrastrarlo, no se dejó llevar por la corriente.

Al regreso de un viaje maravilloso, cuando hacía eco aún en sus días, y estaban latentes y frescas todas esas cosas que había vivido junto a los amigos que viajaron con él, y esas personas que había conocido, creando así nuevas amistades, que no dejaban de llamar, escribir, entre sus contactos, apareció ella, así porque sí, como uno de los contactos más.

Y fue inmediata la conexión entre ambos, y ese diálogo que comenzó por el mes de febrero, fue así.

– Hola, grieguita, ¿cómo estás?

– Jejeje, muy bien heleno.

El dialogo quería fluir naturalmente, pero él hombre de poco hablar, más los quehaceres pertinentes de su labor, hacía desatender el teléfono.

Pero algo poco común en una mujer, es que la dejen esperando respuesta, más cuando se es tan bella.

Ella no estaba acostumbrada a que la dejasen sin respuesta, y esta vez, no sería la excepción.

– ¿Te fuiste?

– ¿A dónde?

¿O de dónde?

– Supuse, como no respondiste.

– Sí respondí, tú no has leído.

– Noooo, leí, y no respondiste.

– Revisa un poquito más arriba, y verás.

– No hay nada.

Y ese diálogo fue creciendo, y atrapándolos; él sentía la necesidad de creer que era real esa persona que estaba detrás de esas palabras, y trataba de demostrar su esencia misma, a ese ser que había llegado.

Fueron muchos los temas tocados, como siempre sucede entre dos personas que empiezan a conocerse, el diálogo de rutina, más o menos, siempre es así: profesión, edad, estado civil, gustos.

Los días fueron pasando y la comunicación se incrementó.

Él fue dando a conocer su ser interior, y sintió gratitud por esa mujer, que le hablaba casi a diario, comenzó a escribir cosas así.

Ese detalle tuyo de existir

Hay hombres más sensibles,

más susceptibles que otros.

Y yo,

yo soy uno de ellos.

Hay detalles de mujer,

que a un hombre enamoran.

Lo pude ver en ti,

y lo debo decir.

Me enamoró ese detalle,

que hay en ti.

Ese detalle de existir.

Había muchas cosas en común, ese deseo, como muchos...de recorrer el mundo.

Pero sentían la necesidad imperiosa de hacerlo juntos, y de a poco fueron tomando el coraje de decirlo.

Él, aventurero, le gustaba descubrir lugares, y no dejarse llevar por guías, y en una de esas conversaciones, recomendó algo así.

Buscando caminos

Si quieres conocer un lugar,

deberás perderte,

transitar en sus calles,

transfórmate en un transeúnte más,

sin un plan, deja que lo nuevo te sorprenda,

confúndete en sus paisajes,

mézclate con su gente,

presta atención al cotidiano comentario de la ciudad,

qué piensan, qué sienten, cómo viven,

imprégnate con su asfalto,

habla con desconocidos,

y deja que te aconsejen en el camino.

Te sentirán a ellos distinto,

pero el mundo está lleno de personas buenas,

verás que irás cosechando amigos,

y encontrarás en cada uno de ellos una sonrisa,

que te hará sentir lo bueno que es haberse atrevido.

Ella fue notando que aquel hombre no era igual al resto, pensaba mucho, y parecía honesto y sincero.

Cosa poco común hoy en día, y la verdad, le iba gustando lo que iba descubriendo, pero, más vale ir pensando, analizando cada cosa que te digan, y después descubrir si es verdad.

La vida le había enseñado a desconfiar, y esas palabras amables eran un alago, pero el tiempo demostraría cuánto, mientras tanto, habría que ir con cuidado.

Pero él, sólo decía su verdad, y sabía que sólo el tiempo daría peso a sus palabras, entonces, no tenía de qué preocuparse, debía demostrar, tal cual era, con su vida y sus costumbres.

Así son las noches de quien escribe

Así es la noche del que escribe.

Desojando versos

mientras la vida prosigue,

sin buscar nada para sí,

más que al mundo dejar

algo de lo que nace,

desde lo más profundo de la soledad.

Donde,

más allá del ventanal,

hay una vida,

y es real,

pero no nos seduce,

si al final,

al final todo concluye.

Y mientras nuestros versos enamoran,

y hacen soñar a esa mujer,

y aflorar a su piel,

todos esos sentidos,

que creían haber perdido.

Al ir transitado por los versos,

imaginando aquel poeta,

que del amor

ha de ser quien tenga la receta.

Pero qué caprichosa es la vida,

nadie imagina

esas madrugadas vacías.

Y se preguntan,

por qué están solos,

quién se atreve

a cambiar ese mundo

que los protege y domina.

No es fácil comprendernos,

y hacernos creer que precisamos

a alguien más donde estamos.

Eran dos vidas distintas, con situaciones y necesidades diferentes.

Muy observador él, no perdía oportunidad de llamar su atención y lograr su asombro y a ella, eso comenzaba a gustarle. Poco a poco iba acostumbrándose a ese hombre que le hablaba y decía cosas que le iban haciendo ver la vida de una manera distinta, bella, pero muy distinta.

Más, leyendo cosas así.

¿Cómo se juntan dos mundos?

¿Cómo se juntan dos mundos?

Con tu sonrisa no basta.

Lo que sentimos cuando estamos juntos,

cuando te vas, se disipa,

se convierte en humo,

y queda como colgado

de la realidad,

a un costado.

Es que somos tan diferentes,

pero me quieres,

mi corazón lo siente.

Y así, todo me brindas,

y yo,

de todo,

tanto me aprovecho.

Y me das el derecho

de llegar como nadie

a ese lugar más vulnerable,

como loco insaciable.

Mientras juras que me amas,

yo hago caso a mis ganas,

de amor, llenarte.

¿Cómo se juntan dos mundos?

Si cuando te alejas,

todo queda en la nada.

Pero el aroma de tu piel

a mi recuerdo se aferra,

y en tu alma llevas,

ese amor,

amor de querer,

de sentirte feliz,

de sentirte mujer.

Pero no puede ser,

y en silencio me dejas,

jurando no volver

otra vez por aquí.

Y yo quedo sin ti,

en silencio, confundido,

sin más testigo

que el desorden

que hemos hecho,

al quitar tu vestido

en mi cuarto desecho.

¿Cómo se juntan dos mundos?

Sólo tú y yo lo sabemos.

Porque siempre regresas,

a alojarte en mi alma.

Y aquí,

solo me encuentras,

esperando por ti,

para amarte,

esperando que lo hagas.

Es que somos tan diferentes,

nadie entenderá,

jamás qué nos pasa.

Porque somos el uno para el otro,

y debemos vivir así,

con estos dos mundos tan diferentes,

seguir en soledad,

y ser felices,

sin que nadie se entere.

¿Cómo se juntan dos mundos?

Cuando se es tan diferente,

y con amor,

sólo, no basta.

—¡Ay! dices cosas, y ya no sé si eres real, me gustaría verte, saber que en verdad existes.

Es tan bonito cuando alguien dice cosas así, y no sé si es tu forma de ser, si lo dices sólo a mí, o te expresas así en forma general, pero me gustaría oírlo de tu boca, y ver si me haces sentir esas cosas que siento al leerlo.

Como la hiedra a la piedra

Porque el alma se aferra

como la hiedra a la piedra,

cuando enseñan aquel ser

que siempre has querido.

Los días continuaban con normalidad, él con su trabajo, ella con sus cosas, nada fácil la vida para ambos, pero él, de algún modo, siempre lograba hacer nacer en

ella una sonrisa y, en su alma, fue de a poco haciendo un espacio para acobijar a aquel ser que la venía llevando por ese mundo de ensueños.

Así nacen amores de verdad

Enamorarse por el físico,

por sexo,

pobre gente,

qué tristeza que me da.

No es necesario ir tan lejos,

eso hay aquí,

donde quiera,

donde vaya,

sin buscar.

No envíes fotos,

no necesito ver videos,

sé que eres hermosa.

Déjame conocerte a ti,

a esa persona que habita en ti,

lléname de ti,

permíteme, descubrir tu realidad.

— **Calma,** fueron sus palabras, más de una vez.

Él, algo intrépido, poco sabía de eso, pero debería ir aprendiendo.

– **Nos estamos conociendo** – ella solía decir. Y había mucha sabiduría en aquellas palabras, pero él, con lo que había descubierto de esa mujer, ya estaba seguro de que era ella cuanto había esperado.

Nos estamos conociendo

"Nos estamos conociendo,

nos estamos conociendo, "

fueron tus palabras.

Y yo,

yo siento tan mío tu amor.

Ese gesto, tu mirada,

cuando hablas así,

sencillamente,

eres como te soñaba

antes de que llegaras a mí.

"Nos estamos conociendo,

nos estamos conociendo, "

suele tu boca decir.

Vamos juntos caminando,

por los caminos de Dios,

sabemos los dos,

que es muy bello

el porvenir.

"Nos estamos conociendo."

En mi alma voy sintiendo

que eres todo lo que pedí.

Sin buscarlo, su belleza y elegancia, más de una vez, habían hecho suspirar a aquel hombre, y ya hacía un tiempo que, abiertamente, había confesado su interés por esa joven dama.

Esos momentos tan hermosos que se generan cuando va naciendo, creciendo una relación, esa suspicacia femenina que nos atrae, que nos lleva por esos caminos de ensueños, hasta transformarse en lo más importante de mi sentir.

Me haces entenderlo todo por medio de señales, y no hace falta hablar de no, decir que sí, si voy escuchando tus proyectos, tus planes.

Como toda mujer, le gusta jugar a querer, a escucharle decir eso que la tiene tan feliz.

Y ella habla, y él contesta, y ya no lo dudes nunca, no lo dudes, sabes que está en ti, junto a mí, esa respuesta.

¿Cómo no decir que me gustas?

¿Cómo no decir que me gustas?

Cuando miras así,

y me haces esa pregunta.

Imagino que, como mujer,

deberá gustarte saber

que es sí

mi respuesta a esa consulta.

Que no hay nada

que más me guste decir.

Vivir para ti,

vivir por ti.

Y que ya lo sepa el mundo,

que no puede haber alegría

sin tu presencia en mi vida.

A veces me preguntas si te quiero,

y ya no sé cómo decirlo

porque no alcanzan las palabras;

las palabras las inventó el hombre,

y este amor entre los dos,

es gloria del cielo.

Madre, bendice a esa mujer, en el nombre de Jesús, te lo pido.

Esas vidas fueron cambiando, acostumbrándose a esos momentos de comunicación, a esa comunión que existía más allá de dos personas, así lo sentían.

Ambos procuraban un motivo para contactarse con el otro, y qué bien hacía ver que había comunicación de parte de la otra persona.

Pero por sobre todas las cosas, decirlo.

Decir, "quería hablarte."

Como el sol a la mañana

Como al sol la mañana,

como la abeja al racimo,

como a mis palabras tu alma,

así espera tu cariño el mío.

Como la nieve en la montaña,

se funde al sol tan tibio,

así mis manos se desarman,

en tu piel, fuego encendido.

Por que me brinda tu mirada

luz a mis caminos,

y me guían tus palabras

por donde voy, convencido.

Porque ya no hay quien detenga

este amor, que en verdad es infinito,

aunque a veces hago cosas contra la regla,

que es tu mundo y el mío.

Tienes tanto de maestra

y yo de chiquillo bandido,

que cuando sacas la cuenta,

merezco severo castigo.

Pero mi amor es tu fortaleza,

tu muro seguro,

lugar sagrado y bendito,

donde apagas la tristeza,

donde encuentras futuro,

con este amor puro y bonito.

Esa mujer, era la mujer, y ya no había nada que le hiciese sentir lo contrario.

Y esa sensación de felicidad se fue apoderando de su ser, y ella quería creer que, en verdad, no era todo esto que estaba pasando tan sólo un sueño.

Mi mundo en tu mirada

Te vi tan distinta,

no te pareces a nadie,

ni a nada.

Esos labios nunca mienten,

inspira confianza tu mirada.

¿Cómo no llegar a enamorarme,

griega bendita,

si das luz a mis madrugadas?

Te pedí un motivo para amarte,

y en tu mirada encontré

ese mundo que soñaba.

La ternura fue ganando su corazón, y los versos florecían al pensar en ella, y no había más motivos para hablarle que no fuesen de amor, y esas cosas la hacían soñar.

Siento miedo al dormir

Siento miedo al dormir,

porque a la mañana,

en el vacío,

despierto yo.

Después de haber soñado contigo,

escuchando tu voz.

Mis sabanas duelen de frío,

como loco perdido,

ya no sé ni quién soy.

Sin ti,

ya no tengo alegría,

lo que me queda de vida

lo daría por despertar contigo,

descubrir tu olor.

Te quiero grieguita,

eres esa grieguita,

que, nombrando a Jesús,

tanto y tanto pedí a Dios.

En la noche, luego de hablar con ella, el escribía, y esa poesía nacía desde lo más profundo de su alma.

Sin darse cuenta, la hacía despertar con una poesía para ella, cada día.

Con el correr de los días, ella confesó que, más de una vez, llegó a despertarse en plena madrugada, para revisar si estaba su poema en su móvil esperando que por la mañana, al tomarlo, lo leyese.

Resultaba casi imposible volver a conciliar el sueño sin leerlo, pero no lo hacía, por todos los medios, se controlaba y, como podía, volvía a dormirse, llenándose de preguntas: de qué se tratará esta vez, basado en qué, aquel hombre le escribiría un poema.

Ayer

Ayer te he vuelto a soñar,

pero de una forma distinta.

Y ese amor que tú me brindas

yo sé bien que es de verdad.

Eres tú mi realidad,

lo he sentido en mi vida,

y no puedes imaginar,

es tan difícil despertar,

sin ti, cada día.

Por un segundo,

junto a ti,

en esta vida,

daría la eternidad.

La cordura a ella a veces la hacía razonar y preguntarse cómo aquel hombre hablaba de amor.

Era todo muy bonito, real, sincero y sabio en sus palabras, pero ella necesitaba, por todos los medios, creer en eso que venía pasando.

– Necesito creerte – más de una vez fueron las palabras de ella–. Por favor, necesito creerte, creer en todo lo que dices, en lo que me haces sentir, es tan bonito todo, pero es por momentos tan irreal que a veces va más allá de lo normal y me hace dudar, sentir miedo.

¿Por qué enamorarte así de mí, si allí, seguramente, podrás conocer mujeres mucho más bonitas que yo?

Por favor, sé que me entiendes, no me hagas sufrir, por favor.

Un amor así quiero yo contigo

A veces dices que hablo locuras.

¿Cómo puedo hablar de amor bendito,

cómo un hombre normal asegura,

tal amor, a quien nunca ha visto?

Sabes que afuera no está la respuesta,

esta adentro, en lo que has sentido.

Amor de piel no es de verdad,

y en esta tierra, cada dos por tres,

mueren amores así, yo lo he visto.

No quiero fotos, sé que eres hermosa,

quiero descubrirte, déjame conocer tu ser;

un amor así, quiero yo contigo.

Que me enamore tu alma,

permíteme ir despacio, con calma,

así nace un amor bien bonito.

Déjame sentirte, mi princesa,

que no estoy mal de la cabeza,

es todo lo que un hombre sueña.

Pasarás a ser mi reina,

cuando me funda en tu piel,

y amanezcas al lado mío.

A veces dices que hablo locuras,

que cómo puedo hablar de amor bendito.

Si el no quererte así, es de hombre cuerdo,

no quiero cura.

Que en mi locura te ofrezco este amor,

amor de dos, amor bendito,

ese amor que siempre has querido.

Convencido de sus sentimientos, ese afán por conquistar a esa mujer, lo tenía todo el tiempo pensando en ella.

Era su bendición, su sueño hecho realidad, tantas preguntas llenas de respuesta desde que ella llegó.

Esa voz, esa mirada, esa forma de ser, de ser tan real, tan mujer, tan femenina, hacía dar vueltas en su cabeza esas ganas locas de descubrir hasta el más mínimo detalle de esa señora.

Señora

¿Señora, por qué

usted está tan sola?

Señora, quiero saber.

¿A una mujer como usted,

cómo un hombre como yo enamora?

¡Ay, señora!

Creo que debe saber,

a mí me llama tanto su piel.

Y si un día,

usted siente en sí

que su piel le habla de mí,

no lo dude,

yo aquí estaré,

quizás pueda volver a encender

las caricias dormidas

que existen en usted,

todavía.

Fue creciendo la ilusión de ella, ese hombre era todo cuanto había soñado.

Esas palabras, esa forma de expresarse, haciéndola pensar, demostrando sobre todo que era ella lo más importante, la llenaba de sentimientos puros y hermosos, y ese romanticismo no dejaba de sorprenderla a diario.

No te enamores de mí

No te enamores de mí,

aún estás a tiempo.

Creo que podrías sufrir

una lluvia de besos.

Un guerrero como yo,

podría cada noche

mil batallas sin derroche

librar en tu cuerpo.

Yo sería el hombre aquel

que te despierte cada mañana,

con un te quiero, un clavel,

y el café en la cama.

Yo podría desaparecer

de tu vida todos los miedos,

y de qué forma cambiarías

por alegría tus desconsuelos.

No te enamores de mí,

aún estás a tiempo.

De soñar con esa fantasía,

o hacer, juntos,

cada día, un amor eterno.

La delicadeza de las palabras, esos versos… eran magia.

Dicen que en lo simple, está lo bello, y fiel ejemplo de esa regla eran cosas como estas que escribía.

Sin ti

Porque sin ti

la luna,

tan sólo es luna.

Es algo que gira

y nada más.

Comprendí por qué

brillan las estrellas,

su razón.

Y por qué late mi corazón,

el sentido de su palpitar.

Siento al respirar

que estoy vivo,

que me guía.

Y el motivo de mi alegría

es tu amor,

griega bendita.

Y esta ternura infinita,

que ha nacido en mi alma,

porque puedo ver mi vida reflejada

en la luz de tu mirada.

Ya nada hacía suponer que esa pareja tendría un fin.

Él logró enamorarla, y se sentía el hombre más feliz y bendecido de todos.

Esa etapa de análisis y estudio personal había terminado hace días, y había cambiado por planes y proyectos juntos.

Esos sueños y anhelos, que se habían confiado en los primeros días, pasaron a ser objetivos en común.

Sus entornos también fueron cambiando, más abierto él, más conservadora ella.

Pero ambos, en sus respectivos mundos, tenían a quién confiar eso tan bonito que les estaba pasando. Fueron días muy hermosos, donde el amor, en su más fina pureza, logró hacer nacer sentimientos, sensaciones sublimes, y no había forma de demostrarlo sino a través de versos salidos desde lo más profundo del alma.

Entre besos y suspiros

No puedes besar mi boca

esperando encontrar calma,

no imaginas en mi alma

todo lo que ello provoca.

Mi sangre, cada gota,

enciendes con feroz pasión,

y mis labios no entienden más razón

que comenzar el viaje.

Y llenándome de coraje,

entre caricias tuyas

y suspiros,

como loco yo prosigo

con este amor tan ferviente.

Mientras me indica tu vientre,

que mis besos van por buen camino.

– ¡Wow…! no puedes escribir cosas así, eres tal como te soñaba.

– Pronto estaremos juntos y verás que será para siempre, hace tiempo pude haber ido, pero sabes bien que, en mi vida, estás tú primero antes que yo, y no podría ir pensando sólo en mí.

Cuando vaya será para ya jamás separarnos, no podría soportarlo, no sabría cómo hacerlo, grieguita, eres todo cuanto he pedido, y te quiero conmigo, permíteme

enamorarte, enamorarte de verdad. Por favor, confía en mí, y no te digo que bajes las defensas, te pido que las deseches. Vengo con buenas intenciones, las mejores, y más sanas, confía en mí, pero por sobre todo, confía en ti, por favor, en eso que sientes, en eso que decimos que haremos juntos, en esa vida que venimos proyectando.

– Hazlo, por favor, hazlo, enamórame de verdad, hazme feliz, y por favor, nunca me hagas daño, tengo miedo de sufrir, confiaré en ti, nunca y jamás me falles.

– Me has hecho sentir que eres todo cuanto he soñado, esa persona seria, sabia, llena de valores, y me brindas esa seguridad, acompañado de ese encanto femenino que aflora desde tu alma misma; mujer eres ésa con quien quiero vivir el resto de mis días, mi conversación con Jesús cambió, y pasó, de pedido, a agradecimiento, porque has llegado y me has confesado que haces lo mismo.

Has cambiado mis madrugadas de anhelos y preguntas, por planes y, con esa sonrisa en tu cara, has tenido la capacidad de quitar el cartel de hombre libre en mi mirada.

Bendita seas, griega mujer, alegría de mis días; sólo falta estar frente a ti, tomar tus manos, y pedirte que me acompañes en esta vida, que es un viaje.

Ya no sabría cómo decirlo.

Ya las palabras no alcanzan, cuando habla el corazón, y tú has tenido la capacidad de hacerme sentir que no sé qué decir cuando tú y yo hablamos.

– De todas las cosas más puras que han nacido de mi alma puedo, con total seguridad, decir que en esto que acabo de enviarte, créeme, una vez más, y recuerda siempre lo que te he venido diciendo; jamás digo algo, sin pensarlo, en los efectos que causa, y estoy seguro de lo que digo, mujer, va un trocito de mi alma en estos versos, que han nacido pensando en ti.

No sé como decir lo mucho que te quiero

No sé cómo decir lo mucho que te quiero.

No encuentro palabas para poder expresarlo,

porque este amor, amor puro del cielo,

más que amor, me hace pensar en milagro.

Parece morir el verbo te quiero,

al querer conjugar la palabra amarnos.

Yo podría intentar en ser el primero,

en poder demostrar por qué cantan los pájaros.

Por qué el sol brilla tan solo en el cielo,

y por qué sola la flor, florece en el campo.

Por qué mi corazón se agita tanto en mi pecho,

cuando escucho tu voz, para mí, del amor es el canto,

imaginando el sabor, tan dulce a caramelo,

a chocolate, mi amor, al salir de tus labios.

Yo podría, tal vez, revelar el misterio,

de la estrella fugaz, que al surcar va dejando,

en el alma la fe, con que pide un deseo,

al llegar navidad, ese ser tan solitario,

esperando encontrar, después del nacimiento,

quien le traiga paz, al cumplirse el milagro.

Pero nunca podría, por más que intentara,

con palabras decir lo mucho que te amo.

Sería como intentar apagar la luz del mundo

al chasquido de mis dedos,

o en un solo segundo poder explicarlo.

Porque, junto a Jesús...

junto a Jesús te puedo ver

como gloria bendita del cielo,

y al fundirme en tu piel,

me convierto en humano.

Ya todo estaba dicho, era sólo cuestión de poner fecha, y tener ese encuentro.

Lleno de ganas él, y convencido, no veía llegar ese momento de tenerla entre sus brazos.

Ilusionada ella, y con esa incógnita que da ese cambio de vida, esperaba verlo por primera vez y descubrir a aquel hombre en persona.

Por fin, todo estaba listo, y ese esperado viaje tenía fecha concreta.

Pocos sabían de ello, habían decidido que sería mejor de esa forma, sin decir casi que a nadie, si no, tan sólo a unos pocos, y esperar que todo salga como lo habían planificado.

Sería el viaje de su vida, en búsqueda de libertad, esa libertad que significa amar, porque eso era para ellos el amor, libertad.

— Déjame llenarte de libertad, griega mujer, la libertad que tienes al haber decidido estar junto a mí; es tuya, y yo acepto esa libertad de elegir vivir para ti, vivir por ti, por tu felicidad, porque es mía tu

felicidad, nada me hace más feliz, que verte sonreír, y en busca de esa felicidad voy a tu encuentro.

Es un viaje la vida, y has decidido hacerlo junto a mí.

Pido a Dios, la capacidad, y sabiduría para hacer siempre lo correcto.

Me has dado el honor de ser tu compañero, gracias bendita mujer.

Dios ilumine mis pasos, para llevarte por buen camino, y que llegue ese día, que me mires en silencio, y pienses que hiciste lo correcto. Yo, por mi parte, agradeceré a Dios, por tu presencia en mi vida.

— Tú, como nadie, me conoce, eres consciente de mi realidad y mis ambiciones, como así también de mi temor a sufrir; he de confiar en ti, ve con calma, por favor, paso a paso cada vez, y deja que todo fluya.

— Más allá de tus miedos, está todo lo que soñamos; me conoces como nadie, y sabes que no voy a descubrir nada, voy consciente de lo que me espera, si no tuviera certeza, no iría, voy porque estoy seguro de que haremos lo correcto.

Me conoces bien, y sabes que así soy yo.

Así soy yo

Ortodoxo, poeta griego,

me han pedido que me defina,

y así lo he venido haciendo.

Mi vida es un canto,

un canto a la vida,

a Cristo adoración.

Se acerca el momento de mi partida,

en busca de libertad voy,

esa libertad que te ofrezco,

es una libertad tan real,

como real es el amor.

Te pido, por favor,

no renuncies a ti,

porque en ti, así,

he encontrado mi propio yo.

Has decidido ser

mi compañera de viaje,

de este griego poeta

enamorado del amor.

Admiro tu coraje,

y tu presencia es mi bendición.

Eres mi poesía,

soy tu poeta,

déjame ser poesía en ti.

He alojado en tu alma,

todo el amor que hay en mi corazón,

que has hecho nacer un día.

Siento que han estado ciegos,

mis ojos, toda la vida,

hasta ese día

que en tu mirada,

toda mi vida se reflejó.

Mantengamos viva

la llama de la ilusión,

permíteme cada instante,

como el mejor de los amantes,

enamorarte, por favor.

Llegará esa mañana

en que he de escuchar tus pasos

en el silencio de nuestra alcoba,

y llenarse de mariposas la habitación.

Que volarán libremente,

como mis manos,

por esa piel que tanto adora,

en silencio mirarte,

para mí, es hacerte el amor.

Hoy me ven,

pero ya no me verán,

nadie sabrá donde voy.

Voy en busca de libertad,

Ya nada más hacía falta decir, tan sólo hacer ese viaje, ese esperado viaje.

Pero a veces, esas cosas tan humanas, tan terriblemente humanas, nos llevan a hacer cosas, a pensar cosas, llenarnos de miedos, incertidumbres, y no hay nada que atemorice más, que el estar a casi nada de tenerlo todo.

Él notó el cambio en ella, y trató por todos los medios, hacerle creer en sus palabras. Y sus escritos fueron cambiando, acompañando esa mutación, buscando hacer ver que seguía siendo aquel hombre que una vez llegó a conquistarla.

Y la poesía en sus madrugadas nacía una vez más, pero esta vez, con un dejo de melancolía en los versos.

Y pidiendo que recordase: ¿por qué había volado el alma dentro de ella, al encontrar a aquel hombre, aquel que ya no miraba de la misma forma, y por qué, si nada había cambiado?

Todavía creo en milagros

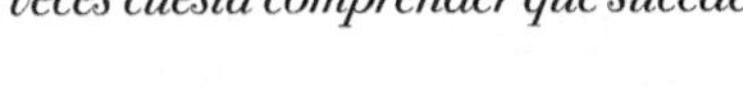

si todo lo mejor buscamos.

Pero es tan difícil darse a entender,

y un poema más nace,

eres el motivo de las frases

que una a una se plasman en el papel.

Dejaste de creer

y no es justo para ambos,

si siempre te soñé

y en mis oraciones por ti reclamo.

Como salido de tus sueños,

así me viste con el corazón,

y hoy esa razón

en el olvido ha quedado.

Aún,

aún estamos a tiempo

de alcanzar lo soñado,

que no ha sido un sueño,

es lo que planeamos

Esa copa de vino,

caminando juntos a la orilla del mar,

tomados de la mano.

Y nacerá el verso

y serás poesía,

dulce, como el chocolate de tus labios.

Aún estamos a tiempo

de alcanzar lo soñado.

Ya no temas griega, bendita mía,

el amor es un milagro

y enamorarte cada día

es lo mejor que me ha pasado.

Esas palabras, junto a los pro y contra, giraban en su cabeza, pero en fin, siempre se ha sabido que, al final, el amor puede más, y no sería esta vez el caso contrario a la regla.

Jamás ella podría comprender lo que había significado en su vida tan callada, su llegada.

Solo aquellas personas que lo conocían desde hacía tiempo pudieron notar el cambio.

El continuó escribiéndole, y con letras así, fue explicando su verdad, la verdad, la realidad de la situación.

En tu vida tan humana

Por favor, es ahora;

si somos, que se note.

No es un aviso

o un pedido.

De las madrugadas,

en crudas soledades

me has recogido,

mostrándome

un mundo lleno de amor.

En tu vida tan humana,

jamás podrás comprender

lo que significa hacer querer

a un poeta como yo.

Ese amor que me supiste dar,

y hoy, tanto y tanto necesito,

qué bien,

a mi alma,

la hace escuchar.

Si me quieres,

dímelo.

Al fin y al cabo,

sí, tendrás poesía,

de tu poeta,

como cada día,

mañana al despertar,

como siempre, prometió.

¿Acaso podré escuchar,

un "te quiero"

de tus labios,

antes de dormir yo?

Fueron momentos muy duros para ambos,

y a él se le hacía difícil explicar lo que sentía.

Y estaba en esa situación, donde debía pensar qué decir,

ya que reiterar lo mismo, podría causar efecto contrario a la realidad.

Eres mi motivo

Sé qué podrás pensar de mí a veces,

cuando apenas te hablo,

que quizás tú no me intereses,

y el que sigas junto a mí

sea tan sólo un milagro.

Pero aunque no parece,

es mi orgullo tu querer,

nunca tú sabrás mujer

por qué callan mis labios.

Si lo que más le pido a Dios

es ser más sabio cada día

para llenarte de alegría,

de esperanzas y le encargo

que comprendas que va mi vida

en cada palabra cuando te hablo.

Que no hay, ni habrá motivo

para que no creas en este amor;

mi mayor entrega

es por estar siempre contigo,

que siempre creas en este amor,

es lo que a ti más te pido,

y que no veas con dolor

mi silencio cuando te miro.

Así, contemplándote en silencio,

te adoro yo;

es tu amor mi razón,

mi principal motivo;

el verte feliz, tan segura junto a mí,

es mi mayor honor.

Si supieras

que va todo mi amor

al verte a mí alrededor,

y se me escapa un suspiro.

A veces

A veces es mejor pensar.

¿Por qué abandonar todo,

renunciar a eso

que nos ha hecho tanto bien?

Si donde vayas,

algo de mí

contigo irá.

A veces pienso

que no sabes mirar.

No existen en el mundo

dos personas, igual.

Sólo se trata

que quieran lo mismo,

esa es la verdad.

Al desierto una vez más

Al desierto una vez más,

nuevamente me has llevado al desierto.

¿Deberé una vez más purificar mi alma?

Ya mi espíritu está en paz.

Junto a ella, he encontrado la calma.

¿Deberé enamorarme más de ti?

¿Más, Señor, todavía?

Si estos meses que me has dado ya

han sido los mejores de mi vida,

nuevamente me llevas al desierto.

Puedo ver la luz encendida,

puedo ver tus brazos entreabiertos.

puedo sentirte aquí, Jesús,

en mis días.

Pensamientos así dominaban su cabeza por esos días, y no encontraba explicación lógica.

No había dudas de su amor, pero ya no era la misma, en más de una oportunidad se lo había hecho notar, y ella respondía que eran suposiciones suyas.

Pensar demasiado hace mal, eso es bien sabido, y ella era consciente de la capacidad de razonamiento que él tenía.

Fueron días muy grises para él, y esa sensación de desapego fue incrementándose.

¿Acaso debo pedir perdón por algo?

¿Acaso debo pedir perdón por algo?

No sé si fuiste tú,

no sé si fui yo...

o simplemente sucedió,

pero no pudo ser,

y no me di cuenta,

que sólo yo me enamoré.

Sólo sé que cuando dije te amo,

en verdad, te amé.

La conversación, las palabras cambiaron.

Esa ausencia de diálogo era notoria.

Nada fácil era la vida que ella llevaba, y a ello atribuía su proceder.

Era real su situación, pero no debería afectar la relación entre ambos.

Hablado estaba esto y, más de una vez, él le había dicho: somos dos, somos dos para todo, para lo bonito y lo otro.

– También puedes contar conmigo, sabes que estoy.

– Me lo dices y me haces sentirlo, pero no estás aquí, cuando estés, entonces será diferente, mientras tanto, no puedo tomarlo como tal, pues la realidad es esa.

Y algo de razón había en todas esas palabras.

Pero más allá de no estar, dolía el hecho de ese cambio inesperado, hasta hacía un tiempo, comentaba y pedía su opinión para algunas cosas. Y eso unía la relación.

Lo que no une, separa, es una vieja frase conocida, y la falta de comunicación y de confianza, actuaron como tal.

Pero aún más dolía la falta a aquello que habían decidido juntos, hablar siempre, hablar por sobre todas las cosas, hablar, esa era la base fundamental entre dos seres, sin importar cuál fuese el vínculo que los uniese, el diálogo y la confianza.

Tenemos que hablar

Mujer, necesitamos hablar

de esas cosas, ¿viste?

Pero, quédate tranquila,

mejor, no digas nada,

igual, deja.

No está bien

que te pongas mal.

Si al final

ya me di cuenta,

todo cambió.

Ya nada es como antes,

y la vida sigue.

Para qué preocuparse

por lo que no tiene solución.

Hay ilusiones

y hay amores.

La diferencia...

La diferencia,

te la dice el corazón.

Y mira que se nota,

se nota en la mirada,

se nota en los gestos,

se nota en las palabras,

en los silencios.

Los silencios cómo hablan,

cómo gritan los silencios

cuando no escucho tu voz.

Quizás ese temido y no esperado final se acercaba.

No era algo planeado, ni por él, ni por ella, eso estaba seguro, como así tampoco el cambio producido en ella.

Infinitamente ella respondía que eran suposiciones de él, basadas en la inseguridad que tenía hacia todo, pero esa inseguridad comenzó a nacer a causa de la falta de comunicación.

¿Como decir adiós?

¿Cómo decir "adiós"

si juramos nunca usarlo?

¿Cómo no extrañar tu voz?

Si aún suena a chocolate tu voz

cuando sale de tus labios.

Me duele tu dolor,

y sé por todo lo que estás pasando.

Por qué confiaste en mi amor,

creyendo que lo habías encontrado.

Desnudaste tu alma frente a mí,

y me confiaste tu mayor secreto guardado.

Y tomaste mi corazón para ti,

y te lo di,

como a nadie jamás

se lo había dado.

No te equivocaste esta vez,

bendita griega mujer,

no te equivocaste

cuando me diste tu amor,

y hoy estoy pagando caro mi error

al no tenerte a mi lado.

Es tanta la confusión

que nubla tu razón

que nos tiene separados.

Pero Dios que todo lo ve,

de rodillas te juré,

ese amor puro,

amor sagrado.

Y hoy no lo puedo entender,

y yo no sé qué hacer

para que vuelva el milagro

de enamorarte otra vez,

y otra vez,

y otra vez,

hasta poder

de ti desaparecer

de una vez ese llanto.

No,

no te equivocaste esta vez,

griega bendita mujer,

al elegirme para juntos

hacer navegar el barco,

que nos lleve

a ese futuro de amor

que tanto planeamos.

Recuerda por favor,

nos unió este amor puro,

amor sagrado.

No te equivocaste esta vez,

griega bendita mujer.

¿No ves que te quiero tanto?

Regresa pronto otra vez,

que no puedo aguantar el llanto.

El final llegó, y con él toda la soledad, en su más cruel expresión.

Eran noches sin dormir, pero de forma diferente, en una nueva versión.

Noches de preguntas, noches de culpas, y fue ese el verano más frío que pudo haber vivido, casi hasta no poder soportar en su piel, ese frío invernal que lo envolvía por completo.

En esos días, cuánto habría dado él para que jamás esas noches hubiesen existido, o ella no existiera, y fuese tan sólo un sueño nada más o, mejor aún, que él no hubiese llegado a existir, quizás eso hubiese sido lo mejor.

Pero la realidad una vez más le demostraba lo contrario, y en lo negro y tormentoso de la madrugada, en el frío más intenso, de los árboles las ramas al jugar con el viento, abanicaba contra el techo de la casa sus hojas, quebrando el silencio.

Haciendo sentir que estaba vivo, que estaba allí, y que todo era real, y haciéndole comprender que jamás del mañana dueño podremos ser.

Hasta hace apenas unos días nada más, esa eterna felicidad parecía imposible de no ser, y quien diría que hoy ya no lo es, como poder esperar lo mejor, o peor, para el mañana.

¿Quizás mañana sea tan sólo una tal vez?

Lo cierto es que las mañanas lo encuentran despierto,

pensando ya, sin saber en qué.

Que pasen los días, sólo con el tiempo las cosas se pueden comprender.

Mañanas sin ti

Hoy la mañana me encuentra despierto,

como tantas veces

en eternas madrugadas,

me ha encontrado soñando,

con esa voz de chocolate,

ese tono tan tibio.

Hoy la mañana me encuentra despierto,

y mi alma parece

no entender nada,

de razón, ni motivo.

Hoy la mañana me encuentra despierto,

y mi corazón debate

¿por qué aún sigo vivo,

si todo aquello,

por lo que siempre esperaste,

ya lo has perdido?

Hoy te dejé partir

Hoy te dejé partir,

será para siempre,

quizás, sea mejor así.

Espero que no regreses,

pero...

no es verdad,

espero por ti.

A lo mejor,

tendrás la valentía

de tratar de estar sin mí,

o la cobardía

de, en adelante, sola seguir.

Nunca con sabiduría

del mañana se puede hablar,

sólo sé que no he de buscarte

como tantas veces

lo he hecho antes.

Tú,

tú también me buscaste,

y en el silencio de mi alma,

tu voz suena

diciendo que me amas,

y yo sé que es verdad.

Pero, yo quiero olvidarte,

trataré de olvidarte,

voy a olvidarte,

por favor,

mejor no vengas.

Quiero marcharme lejos,

buscar otros caminos.

Pero...

no quiero,

porque te quiero.

Pasan los días,

y sé que regresas

y aquí me encuentras.

Pero, no quiero,

porque te quiero,

y estás conmigo.

Siempre vuelves,

estar juntos es lo mejor,

ese amor que vivimos

a pesar

de que sabemos, tú y yo,

que es este amor

nuestro peor castigo.

Ella decidió abandonarlo todo, ya no habría vuelta atrás, dejaba un mundo lleno de preguntas y cosas sin concretar.

Qué razón lógica tenía, ni ella tenía la respuesta; quizás, temor al cambio.

Pero esa realidad nubló su razón, al punto de perder por momento su sensatez, y ese temor de la seguridad de ella, le hacía sufrir aún más.

Caminante en soledad

Tercer día en soledad,

y lo más difícil de estar sin ti,

es estar.

La semilla al suelo debe ir,

para después de su muerte,

en nuevo fruto germinar.

Pero es ese proceso,

el que siempre duele más.

Pasas también por él,

has escrito sobre eso ayer.

Que no lo puedes soportar,

sientes el frío en tu piel,

y ese silencio infernal

te grita hasta enloquecer

que tengo tu otra mitad.

Que nos volveríamos,

mil veces a elegir,

que lo nuestro,

no fue casualidad.

Que sin mí,

sientes que no tienes a dónde ir,

y te duele

porque sabes que estoy igual.

Caminantes en este mundo,

los dos juntos, en soledad.

Nos sobró mirarnos un segundo,

para comprender

que lo nuestro es eternidad.

Que nos seguiremos buscando,

hasta volvernos mil veces

a encontrar.

Seguiremos adelante

los dos juntos,

mitad a mitad.

Caminantes en este mundo,

los dos juntos,

en soledad.

No había motivo por el cual él estuviese en casa, sentía que el techo se abalanzaba sobre él.

Esas calles, que días antes había recorrido con tanta ilusión, habían perdido la magia y su color, y sólo ofrecía un frío gris en su entorno.

Nada era igual, el sol no era el mismo, lo colorido de las tiendas, el verde de las plazas, la magia de esa navidad había desaparecido, o quizás él era quien había perdido la esperanza.

He vuelto a recorrer las calles

He vuelto a recorrer las calles

donde apenas unos días antes

hice esas compras para llevarte,

con tanta ilusión.

Fue la compra de mi vida,

en cada cosa elegida

va un trocito del alma mía,

mujer griega de mi corazón.

No descuidé ningún detalle,

mi idea era enamorarte,

como sé que lo esperabas vos.

Esas noches no dormía

soñando encontrar

mi vida en tu mirada,

esa vida que planificamos los dos.

Pero esas cosas tan humanas,

de un hombre cuando ama,

y se equivoca en la reacción,

te han alejado,

soy consciente que tienes razón.

Y esas compras me acompañan,

me duelen en el alma,

haberte hecho llorar sin razón.

El sol lo encuentra despierto una vez más y, como tantas veces, decide salir a caminar, con la idea de que el tiempo pase lo más rápido posible.

Lejos estaba de tener ganas de hablar con alguien, por eso, prefería estar donde nadie lo conocía y trataba de pasar desapercibido, como un transeúnte más, y pasar esas tardes de sol, en la tranquilidad que ofrecía algún espacio público, que le permitía vivir cosas así.

La sorpresa

Prestábame yo una tarde, como tantas,

a disfrutar de la calma

en una plaza cualquiera.

Y llegó una muchacha con faldas muy largas,

sentose a mi lado con la cara muy tiesa.

No buscaba yo con quién hablar

mas sí pude notar su profunda tristeza,

vi en sus ojos formar el cristal que, derramándose,

busca lavar las escondidas penas.

—**Sepa usted disculpar,** – confesó la joven dama –, **pero el dolor me gana,** – expresó con firmeza.

Y no pude aguantar las ganas de preguntar:

—**¿Sufre usted por amor?, ¿o la pérdida de un familiar es lo que tanto le aqueja?**

—**Es que era todo para mí,** – dijo sin mirar, agachando la cabeza.

Y no deteniéndose ahí, comenzó a contar llenándome de sorpresa.

—**Las causas son las dos,** – agregó con melancólica voz, aumentando mi desconcierto.

Qué bien, pensé, yo que tanto sabía de esto, pero después de aquel día, al ver su mirada tan vacía, comprendí que no puede haber hombre alguno que conozca el infortunio que aquella joven consigo traía.

—Es que era todo para mí, por eso estoy en duelo.

—¿Se ha marchado al cielo?, –repliqué sin pensar, y me dispuse a escuchar su relato, y recién, al cabo de un rato, comprendí sin querer cuánto puede valer para una mujer la confianza depositada en un hombre.

Y que éste haya cambiado por nada, o por no tener valentía, de confesar que a otra mujer, su querer pertenecía.

Pero vio en esta joven dama, quizás todos sus sueños de cama, transformarse en algo real, porque ya con su fulana de tal, llevaba una relación muy vana y vacía.

Ahora toda su alegría a esta joven acarrearía un dolor casi mortal.

Pero yo no quise hablar, sino tan sólo escuchar.

Sin saber qué decir u opinar, sólo me pude acomodar en aquel asiento público.

Pues vi que venía largo el cuento, y mi curiosidad comenzaba a despertar.

Yo le creí sin pensar, la verdad, de su alma rezaba.

Y de tanto en tanto suspiraba, como buscando expulsar a soplidos el dolor que llevaba consigo, y que por dentro su corazón mataba.

—¿Cómo se puede llegar a ser tan desdichada, si sólo busqué ser feliz en la vida y nunca creí que, cuando llegara, iba a traer consigo esta profunda herida?

En un pueblo muy modesto yo vivía, donde jamás pasaba nada, donde parecía que estuviese olvidada, modernismo, ciencia, y tecnología.

Todo llegó de repente, la confusión se apoderó del lugar, fue enorme el desorden, que tal pueblo buscando crecer la gente olvido mantener las cosas en su lugar.

Yo no pude evitar caer en el hechizo, del desconocido que a realizar una obra venía, pues el pueblo, entre otras cosas tendría, carreteras y un puente levadizo.

Dos años duró la obra, y mi amor fue en aumento.

Y ahora, ganas de morir siento, porque descubrí su maniobra.

A veces se ausentaba, por licencia o vacaciones, pero le sobraban razones, para que no lo acompañara, y sin viaje me dejara confundida en los rincones.

Y aun sin entender, pero creyendo todo eso, quedaba yo, hasta su regreso, esperándolo ver, jurándome, hasta enloquecer, olvidarlo, lo confieso.

Pero entre caricias, beso y beso, no podía contener esas ganas de volver,

de sentirme presa de su amor.

Fueron momentos muy hermosos. ¿Cómo olvidar todo eso?

Y viendo mi posición, creo que usted tiene razón, son las dos causas mi dolor, sufro y es por amor, pero también la pérdida de un ser querido, que es como si hubiese muerto, pues en su casa me lo encuentro con la mujer que a su lado vivía, muy felices y contentos.

Quise darle una alegría, sorprenderlo con mi llegada, y la sorpresa más grande de mi vida no pensé que me llevara.

Que esa puerta que abriría, el más cruel secreto guardaba.

¿Quién me dijo que viajara?

Si yo en mi pueblo esperarlo debería y tan sólo conformarme mejor sería, con lo que allí él me entregara.

Pero creo que así es mejor, le agradezco el haberme escuchado,

ahora comprende qué me ha pasado y cuál es mi situación.

No se puede compartir el amor sin importar cuán distante se viva,

porque siempre llegara ese día en que nos sorprenda la verdad con dolor.

Y esa tarde me sorprendió en aquel banco de esa plaza, quien sin preguntarle qué le pasa, a mi todo me contó.

Pero nunca supe yo donde ella vivía, porque sin ninguna despedida, por donde vino, se marchó.

Cosas así, acortaban los días, y le hacía olvidar por momentos su tristeza, al escuchar problemas ajenos. Cada cabeza, un mundo, bien se dice, y era notoria esa regla, pero su sueño de apenas unos días atrás, esos planes en común, seguían gritando en sus silencios.

Yo solo quería

Yo sólo quería, como cada mañana,

despertar sintiéndome bendito,

junto a ti, en mi cama.

Con este amor tan bonito,

pudiendo contemplar

a través de la ventana,

cómo cantan los pajaritos,

cómo florecen las plantas,

cómo juegan y crecen los niños,

en esta vida tan sana.

Pero tu temor infinito,

y esa duda tan malsana,

nos alejó de lo más bendito,

que desde el cielo, sobre sus hijos derrama.

Y hoy ando por este suelo, cual proscripto,

deambulando por el mundo,

cual fatal vagabundo, sin paz en mi alma.

Una semana ya, y no había noticias de aquella mujer, quien jamás faltaría.

¿Como seguir después de ello, cuando no estaba en lo planeado?

A una semana de tu adiós

Una semana ya,

que estaba aprontando la valija,

llenándola de ilusiones y felicidad.

Mis libros, revistas que participé,

poemas en hojas impresas para obsequiar.

Un buen vino,

que prometimos una noche juntos tomar.

Mis mejores trajes,

mis más finas camisas

y corbatas,

para el domingo ir a misa.

Mañana compraría esa sortija

para mi amada sorprender y enamorar.

Todo comenzó en febrero,

Después de tanto

el cielo escudriñar,

Jesús me llama

y asisto con lealtad.

Me lleva al desierto

y me comienza a depurar.

¿Quién lo sabe?

Sólo Dios, yo y nadie más.

Cuántas noches en soledad

orando por mi griega ortodoxa,

por Dios.

¿Dónde estarás?

La vida

me encuentra con gente maravillosa,

se transforma en realidad.

Esa maravillosa realidad,

y en esas líneas estás tú

y no lo puedes imaginar.

Lo escribí pensando en ti

mi griega bendita,

Preguntando ¿dónde estarás?

Llegaste tú,

y de qué forma

nos comenzamos a enamorar.

Noches maravillosas llenas de felicidad.

Esa voz de chocolate, por Dios.

Eres más de lo que podría imaginar.

¡Cuántos sueños,

cuántos proyectos juntos!

A veces me preguntabas si yo era real.

Era el hombre salido de tus sueños.

Querías verme, tocarme,

comprobar que yo fuera real.

Después...

después, ¿por qué cambiaste?

Cuídame...

Cuídame, por favor,

te empecé a rogar.

¿Ahora crees que podré vivir sin ti?

Imagina,

recuerda mi promesa.

Me enseñaste la diferencia,

entre querer y amar.

Ese silencio le permitía pensar cualquier cosa, desde lo lógico, hasta lo más descabellado, pero el dolor, sobre todo el dolor por sentirse burlado por la vida en sí, dejaba en su interior esa mezcla de culpa y engaño.

Fuiste entrando a despedirte

No serán tiempos fáciles,

pero yo, quedo tranquilo.

El que parecía más vulnerable

de los dos, al final, ha cumplido.

El amor es confiar, es creer,

como siempre te había dicho.

Pensé que lo podrías comprender,

pero te faltó atino.

Hoy, lo nuestro ya no es,

asumo mi culpa en el camino.

Espero que lo puedas hacer,

el orgullo no es buen amigo.

Serás tan sólo una hoja más

de un triste papel

en mi vida,

que es un libro.

Cuando pensé que sería sin final,

esta historia que tenía contigo.

Para permanecer hasta el final

en cualquier libro,

hay que saberlo merecer,

aposté bastante contigo.

Y resultaste ser,

quien se queda en el camino.

Y no es casualidad,

hace tiempo ya te lo había dicho.

Deberías cuidarme más,

me hace sentir tan sólo

el estar contigo.

Sin saber a dónde ir fui sintiendo,

hoy lo admito.

Fue tu amor,

lo más importante para mí,

mi vivir, mi luz.

Sin pensar en nada,

te fuiste entrando a despedir

de este amor,

que pudo ser bendito.

Con tu corazón lleno de inquietud,

por el temor de sufrir

ante lo desconocido.

Te fuiste entrando a despedir,

que tristeza me da contigo.

Y esa mezcla de sentimientos adversos, hacían pensar, sentir cosas, así como estas.

En momentos así, todo lo que se piense es válido, y el no hablar, no explicar, no poder hacerlo, no tener qué decir, más que se está confundida, que no se sabe qué hacer, que al final, no saber qué decir, tan sólo, piensa lo que quieras.

Poema de mi adiós

Al final,

al final, te fallé.

Y ya no puedo más soportar

el dolor que hay en mi corazón

por el daño que te causé,

griega, bendita mujer.

Por la noche,

por la noche te he de visitar

en cada estrella que veas brillar,

así, mi promesa de protegerte continuará.

Ya no,

ya no sientas más dolor,

eso, entre tú y yo,

sólo yo soy el que debe padecer.

No te estoy diciendo adiós,

sólo sé que a donde voy,

desde allí te cuidaré.

Sigue, adelante en esta vida,

como lo venías haciendo,

hasta ayer.

Que Dios te bendiga

mi griega bendita...

bendita griega mujer.

Esa idea que continuar solo, nada posible podía tomarlo, y no sabía cuánto más podría seguir, y empezó a escribir cosas así.

Estaré siempre aquí

Estaré siempre aquí,

ya tú sabes, para mí

el tiempo nunca pasa.

Y como muestra de su incesante andar,

en mi piel,

tan sólo puede dejar,

un sin fin de líneas que, al azar,

con su mágico pincel,

caprichosamente traza.

Estaré siempre aquí,

porque siempre

has contado conmigo.

Y él no verme a tu lado

no será suficiente motivo

para no creer que una vez más

estaré,

como siempre contigo.

En tu silencio y soledad,

irá creciendo mi verdad,

que para ti antes no era.

Y entonces así comprenderás

mi razón y mis motivos,

de mi lucha sin cesar

en los largos caminos

por llegar donde más pueda.

Estaré siempre aquí,

para verte florecer

mil primaveras.

Por tu bello amanecer,

es la mañana quien espera.

Es tu llanto dulce hiel

que le da vida a mis tierras,

que me hará reverdecer,

que asegura mi existencia

y la calma te daré,

cuando en la soledad de tu alma

necesites mi presencia.

Aquí siempre estaré,

yo te he enseñado

de la vida su esencia.

Y cuando se nuble tu razón,

o una pena cubra tu corazón,

yo jamás te fallaré,

sólo tienes que venir,

aquí te esperaré en este rincón,

y verás cómo juntos

salimos a la luz.

Es la vida que me transforma

para asegurar mi existencia.

Estaré siempre aquí

porque sé que contarás con mi presencia.

Estaré siempre aquí,

yo te voy a recibir,

en cada brote que florezca.

Decide buscar ayuda y acude a profesionales amigos, quienes aceptan analizar la situación.

No le gustó todo lo que escuchó, pero a veces la verdad golpea fuerte.

Cuando algo falla, siempre es causa de ambos, y esta vez no sería diferente.

Muchacho, toma tu parte

Veo demasiado amor ahí,

y hablas demasiado,

diciendo siempre lo mismo.

Por lo mismo que la has conquistado

comenzó a desconfiar,

dejó de escuchar,

empezó a sentir miedo.

Quienes te conocemos

sabemos que eres bueno,

pero a lo lejos

no se puede pensar lo mismo.

Faltó sabiduría, sobró corazón.

Pero el resultado en esta vida

nunca puede ser bueno

si actúas sin pensar

y te dejas llevar

como hoja seca en el viento.

Tenías tanto,

todo para dar,

y hubiese sido muy feliz junto a ti

como con nadie,

lo tenemos bien sabido.

Pero ahora haces rechazarte,

ella es fuerte,

y a pesar de que jamás podrá olvidarte

actuará como si no hubieses existido.

La culpa no es de Dios,

la culpa la tenés vos,

muchacho, toma tu parte.

La duda, un segundo,

en tu mente la batalla ganó,

cuando estabas a nada

de tener la mujer de tus sueños

frente a vos.

La ilusionaste como nadie,

al punto de esperarte

para marchar junto a vos.

Y ese celo en tu corazón

su alma desgarró,

y lo que hiciste después

fue tirar todo por el abismo.

Esto

no lo merecían

ninguno de los dos.

Pero

fuiste el primer culpable;

muchacho, toma tu parte

y no nombres a Dios,

si no es tan sólo

para pedir que te ayude.

Y que la ayude a comprender

que demasiado amor

acarrea cosas así.

Es de humanos,

a quien se quiere,

sobreproteger.

Demasiado bien es malo,

siempre para los dos.

Lo que no une, separa,

y confundir amor con dominio,

no es de Dios.

A veces, más vale pensar

antes de hablar,

lo sabías,

pero igual te superó.

Deberías enseñarme

Deberías enseñarme

cómo hacer para olvidarte,

ya que a amarte he aprendido.

En mi vida formas parte

como principal motivo,

aunque sea en esta tarde

lo último que para ti escribo.

Puedes contar conmigo

Si necesitas un día

de silencio en tu vida,

porque confundida,

al mundo,

no le encuentras razón.

No dudes un segundo,

aquí, sin condición,

te recibirán mis manos extendidas,

con la mirada bien tibia

y sin pedir explicación.

Sin razón

y sin motivos,

aquí te espera tu amigo

con ternura en el corazón.

Verás

que seremos dos,

que no estás tan sola como creías,

que no está tu vida tan vacía

y que aquel loco,

que un día

llegó a hablarte de amor,

cuando dijo:

"cuenta siempre conmigo"

habló como habla un amigo,

sin poner condición.

Ya que el amor no llegó

a cubrirnos con su manto,

y quizás un día

nos ha hecho sufrir tanto,

hasta hacernos sentir

de forma cruel,

tal espanto:

No olvides el amigo aquel

que ha de abrazarte con calma

para mimarte el alma,

cuando te invada el llanto.

"Puedes contar conmigo compañera"
Ya lo dijo un poeta,
y hoy a esa letra
recién la he comprendido.
No importa cuál sea el problema,
sabes que puedes contar conmigo.
Si el amor
no te trajo hasta mi puerta,
a tu puerta
ha de llegar este amigo.

Mozo, café por favor

Mozo,
¡hey, mozo!
Venga, querido,
sirva un café.
Sea buen amigo,
hágame un bien,
baje la radio,
no se haga problema
se lo pido bien.
Toda mi pena,
en estas letras

le contaré.

La quería como a nadie

en esta vida.

Hasta el punto de jurarle

que sin ella moriría.

Que toda mi alegría

era su sonrisa cada día,

y mi corazón que fuerte late

con su voz de chocolate.

Era su amor inigualable,

esa mujer, inolvidable.

Por el camino

me llevó la ilusión,

en busca de ella.

Cual peregrino,

sin más compañía

que las estrellas.

Y, por causa que no concibo,

hoy no está conmigo,

y ya no quiere ni mirarme;

no consigo hablarle,

ni saber de ella.

Mozo,

¡hey, mozo!

Sirva un café.

Venga querido,

siéntese conmigo,

hágame un bien.

Llore conmigo,

sea buen amigo,

por la que fue

y hoy

no puede ser.

Cuando estés con él

Cuando estés con él,

cuando recorra tu cuerpo

acariciando tu piel.

Cuando en silencio descubras

que no sientes lo mismo

que junto a mí

sentiste ayer.

Recuérdame,

recuerda que junto a mí

te sentiste mujer.

Recuérdame,

recuerda por qué

despertando de eso que soñabas,

abriendo tus alas,

a mi lado volabas.

Y esa piel que dormía,

que supimos renacer

entre caricias,

te dirá

por qué eres mía,

a pesar

de que estés con él.

Si había algo que no haría, sería tratar de olvidarla poniendo a alguien en su lugar.

No era sano, ni correcto.

En momentos así, lo correcto siempre es lo más difícil, conservar la calma y dejar que el tiempo pase.

Es muy fácil decirlo y difícil hacerlo, pero sería lo mejor.

Que el tiempo pase y nuevos días llegarían.

Aún no es el momento

Todavía no,

aún no es el momento.

Aún vengo reuniendo,

lentamente

los pedacitos

en que ella me dejó.

Todavía no,

debe pasar mucho tiempo.

No puedo estar contigo,

de ti necesito

ese abrazo de amigo

para borrar el dolor de su adiós.

Preguntas

Cuantas lunas han pasado,

y a través de mi ventana,

sentado en la cama

he visto dar paso al sol.

Quizás,

tú también te has preguntado

cómo estoy.

¿Habrá cambiado

aquel loco

que una vez

me habló de amor?

¿Cuánto tiempo pasó?

En verdad, no lo sé.

Tantas cosas

que hice para olvidarte,

olvidar todo,

pero como era esperado,

fallé.

Cuantas cosas hiciste,

mejor ignorarlo.

Cuanto más se sabe,

más se sufre,

eso también lo sé.

Sólo sé

que llevo guardado

en mi pecho acobijado

lo que un día te hablé.

Y si en tu vida

has notado mi ausencia,

y comprobado

que estar sin mi presencia

es herrado,

no lo dudes,

búscame.

Quien crea que el tren pasa tan sólo una vez en la vida, no piensa lo correcto.

El tren pasa tantas veces, como decidamos esperarlo.

Es de sabios pensar así.

También es de sabios saber aceptar los cambios de las cosas y acompañar esa realidad con el proceder adecuado.

A veces, hay que hacer que las cosas pasen, otras tener la capacidad de saber esperar y dejar que las cosas sucedan.

La semilla al suelo debe ir, para en nuevo fruto germinar.

Pero es ese proceso el que siempre duele más.

Es tan misterioso y basto el pensamiento humano, que analizarlo sería imposible.

Como nuevamente cambiar de vida.

Si todo por lo cual se había esperado acababa de marcharse, llevándose consigo todos los proyectos, ¿no sería sensato ocupar ese lugar con alguien más?, no al menos todavía.

Ella, por su parte, sabrá que hará.

Que el tiempo pase, que el tiempo pase y traiga consigo nuevos soles,

con nueva vida, quizás en nuevo retoño.

Nunca nadie jamás sabrá cuánto tiempo pasó.

Sólo que luego de tantos intentos fallidos, él decide aceptar esa realidad que para ella era la correcta, y desistir de la idea de buscarla.

Hoy te dejé partir, será para siempre, quizás, sea mejor así.

Nunca con sabiduría del mañana se puede hablar, sólo sé que no he de buscarte como tantas veces lo he hecho antes.

Resignarse, nunca, aceptarlo, quizás tampoco, pero de a poco fue aprendiendo a sobrevivir con esa realidad de la soledad como opción para su vida.

Aunque era muy común escucharle decir en reiteradas ocasiones que nunca estaba solo, ya que Jesús habitaba en su corazón.

Sería acaso esta una prueba más donde la vida demostraba que él había nacido para vivir solo, en la comunión con Dios, o sería una prueba más de fe por sobre todas las cosas.

Fe, una obra sin fe, una vida sin fe, un ser sin fe, donde no se pone la presencia de Dios primero y, sobre todo, no puede ser cosa buena.

Acepto por donde me llevas, por favor, no sueltes mi mano ahora, no pregunto dónde voy, pues me siento seguro; sé que no voy solo, tú eres mi guía, por favor, no me dejes en mitad del camino, no sabría cómo seguir, Señor, sin ti, ya que parte de tu obra soy.

Nuevamente me llevas al desierto.

Puedo ver la luz encendida, puedo ver tus brazos entreabiertos, puedo sentirte aquí, Jesús, en mis días.

Seres de luz

"Los quiero felices,

ahora, y en la eternidad."

Palabra de Agios Nikolaos.

– Yo soy ser de luz,

como todos,

como ellos,

como tú.

La idea

es que juntos nos alumbremos,

hasta hacernos sentir

que nos falta la luz,

cuando no sientas mis manos

o no me abraces tú.

Hay cosas que sólo fueron cosas

y nada más.

Y otras, bendición,

y dulce realidad.

Yo los quiero ver felices,

de aquí, a la eternidad,

ambos son seres de luz,

benditos por obra de Dios,

para gloria de Jesús,

de aquí a la eternidad.

Jamás, nunca le avisó que llegaría por primera vez.

¿Acaso ahora sería diferente?

Pues, no.

La diferencia estaba, en que la primera vez él no esperaba encontrarla exactamente, sabía que en algún lugar existía, pero no cómo era en realidad.

Esta vez esperaba su regreso, y esa comunicación llegó.

Nada preguntó él, ¿acaso sería necesario?

Has regresado

Has regresado, lo sé,

y será para quedarte para siempre,

también lo sé.

Puedo sentirlo

en todo lo que dices,

y me llena por completo,

créeme.

No hemos hecho lo correcto

al separarnos,

lo sabemos,

pero jamás lo diré.

Con que hayas vuelto,

esa realidad estás asumiendo,

y has tenido el valor

de dar el primer paso.

No me asombra tu sabiduría,

esa que siempre has demostrado.

He de ir a buscarte,

griega bendita mujer.

He de ir a buscarte,

y esta vez será para siempre,

como juramos ayer.

No te equivocaste está vez,

bendita griega mujer,

no te equivocaste.

Cuando me diste tu amor

en verdad.

Créeme

En busca de ella fue,

y ella con ansias esperó su llegada.

Nada hacía falta decir, ya habían dicho todo,

en sus palabras y en la falta de ellas.

Muchas veces, los silencios hablan más fuerte,

sólo hay que saberlos interpretar.

Si sabemos cómo continuó la vida de esas dos personas que, sin buscarse, se

encontraron.

Y luego de ese primer encuentro personal, la felicidad que une a ambos es la

prueba fehaciente de que Dios existe.

Él, al tenerla frente a sus ojos, y tomar sus manos, sólo pudo decir.

Te amo como a nadie

Te amo como a nadie,

como a nadie,

lo confieso.

Y se unieron sus labios esa tarde,

y en el aire, sonó un beso.

Palabras del Autor

Este libro, fue escrito, en el mes de marzo, de 2020, en la ciudad de Progreso, Canelones, Uruguay.

En un maravilloso lugar, una finca bendecida por nuestro señor Jesús, en perfecta comunión con la naturaleza.

El amor es el comienzo y fin de la vida, y hacia él debemos proyectar todos nuestros sentidos. Las demás, sólo son cosas.

Nada hemos de llevarnos de esta vida, frase tan conocida, entonces, ¿por qué no hacer caso a esto?

Mi pensamiento me hace comprender un mensaje muy evidente que se ha venido viendo a través de los años, en distintos sepulcros que se han descubierto y profanando, buscando el mensaje oculto en paredes, escritas en idiomas antiguos.

Pasan años, décadas, buscando descifrar el mensaje, y no se dan cuenta de que el verdadero mensaje está delante de ellos, en las riquezas que encuentran.

Nada has de llevarte, no importa cuanto atesores.

Continúa acumulando bienes materiales en esta pasajera vida

que has decidido vivir en la opulencia de tus tesoros mundanos,

sin entender que la riqueza está en el amor que puedas brindar.

Sólo eso llevarás y dejarás después de tu partida.

Deja bienes, por ellos se dividirán.

Deja amor y unirás.

Ella es mi griega, de mi amor sagrado,

de la que siempre hablo en la iglesia mía,

es la compañera mía aquí en esta tierra,

ella es el regalo de mi buen padre Dios.

Quien piense que Jesús no existe, por favor, que hable conmigo.

Alejandro Yan Martínez

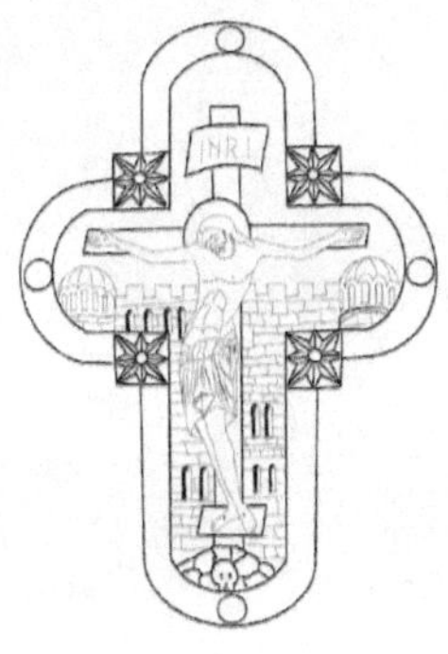